El derrumbe del mundo

El derrumbe del mundo

ELIZABETH VIVERO

Colección El taller del Amanuense
Colección El taller del Amanuense

Diseño de proyecto
Antonio Marts
Fotografía de portada
Mauricio Carranza
Fotografía del autor
Antonio Marts

ISBN 970-93011-3-6

Primera edición
Noviembre de 2001
Secretaría de Cultura de Jalisco
Editorial Paraíso Perdido

Impreso y hecho en méxico

EN INTERNET
http://read.at/paraisoperdido
Correo electrónico
antonio_marts@hotmail.com

SCJ
SECRETARIA
DE CULTURA
JALISCO

editorial
Paraíso Perdido

Prólogo

Me interné en las páginas de *El derrumbe del mundo*, de Elizabeth Vivero como se interna uno en una ciudad temida y deseada, entre asustado y expectante. Asustado porque como se dice en el primero de los textos que aparecen en este libro extraordinario, escuchaba el ruido de cada frase al ser pensada y articulada. Expectante, porque en ese mismo texto se habla de un silencio que nos devora desde el principio de los tiempos sin que tengamos conciencia de ello. Así que me dispuse a perderme en estas líneas como era debido. Todo vibraba denso y repleto y me empujaba a nuevos cuentos sonámbulos, a una atención insistente, a una felicidad especial. Toda escritura que sobrepase la capacidad de captación, toda escritura que merezca ese nombre y produzca efectos tan especiales, demuestra que estamos ante una artista dueña de su oficio. Las palabras de Elizabeth Vivero como al descuido insinúan una vehemencia con que nos avasalla y arrastra a la deriva con efluvios de droga. La mirada siempre va a la saga del choque que produce un texto extraño. Al principio decía Paul Nizan, era la vivencia de un ser extraño. Así que se empieza a escribir como en defensa propia. Un querer inscribirse. ¿O será responder por escrito?

Primero se escribe en lo que se cree y después se cree en lo que está escrito. Así cuajaron los evangelios de cada cultura.

Al principio se pierde la totalidad, el recogimiento, la confianza original, la mesura, la inocencia. Y entre las pérdidas está la propia integridad. En su lugar aparecen reflexión e introspección que hacen madurar la conciencia de ser perenne, un aislamiento hasta una escisión y soledad únicas. La niña se ha salido del mundo y ha ido a dar en lo extraño. En lo extranjero. Todo se ha vuelto irreal. La pérdida de realidad va a una con el miedo a tornarse irreal uno mismo, con la amenaza del vacío, el horror a extinguirse y la parálisis anímica. Hay que detener la realidad que se escabulle en la borboteante caldera del sentimiento y arrancarle sentidos a una red de pensamientos enmarañados sin remedio. Y entonces comienza el trabajo del lenguaje. La escritura hace su aparición para cuidar de un interior que gime.

Chantajear la existencia para sacarle experiencia lingüística.

Escribir porque es un refugio y un bálsamo, un martirio y una adicción, una droga y un escudo, un castigo y un premio, en cualquier caso un lujo que cada vez menos podemos permitirnos. Luchar o correr. Responder por escrito.

Aquí está Elizabeth Vivero, escribiendo porque pese a todo tiene una fe ciega en la belleza, en la generosidad, en la solidaridad, en la comprensión, en la tolerancia. Escribiendo porque el aire zumba de palabras, porque algo hay que habla en ella o a través de ella, para ser la escritora que todavía no es, la escritora que está a punto de ser, que va a llegar a ser. Escribiendo por escribir. Como si amara, como si acariciara.

Gustavo Sáinz

Eva y el verbo

Hoja en blanco

Una vez soñé con el lenguaje, con las palabras que nos recorren de pies a cabeza sin detenerse, al igual que la sangre que nos inunda por dentro. Escuché el ruido de cada frase al ser pensada y articulada. Miré con asombro el color de las vocales, de las infinitas combinaciones que forman junto a las consonantes. En ese sueño vi todo: el universo que nos hace ser lo que somos sin preguntarnos.

Mas en el sueño se traslucía una ausencia: el silencio ruidoso que estalla agazapado, detrás de las palabras. El silencio que grita, que irrumpe de madrugada en medio de la calma, cuando ya no se precisa del habla para invadir a los otros.

Me levanté entonces. Necesitaba hacer oír ese silencio que me había estado devorando desde el principio de los tiempos sin que tuviera conciencia de ello. Así que extendí mis brazos y abrí mis manos. Miré hacia el techo y abrí la boca tan grande como me fue posible. Tenía que devolverle al lenguaje ese bullicio interior. De mi boca no salió siquiera un leve quejido. Intenté en varias ocasiones hacerlo audible, pero fracasé.

Desde aquel día busco la manera de representar, por lo menos, ese silencio ensordecedor que no deja de consumirme. Ignoro si alguien ha podido expresarlo, tampoco sé si yo llegue a hacerlo por medio de la voz. Lo único que logro intuir es que, tal vez, la hoja en blanco sea la respuesta.

Teñir mi sangre

No tengo fuerzas para seguir escribiendo y, sin embargo, continúo haciéndolo. Desearía estar en una isla desierta, rodeada de palmeras, desnuda frente a la playa, frente al mar que me acompañaría con su vaivén infinito. Si tuviera el valor, saldría de este hotel y pagaría un pasaje de ida a cualquier playa. De ahí remaría hasta naufragar y llegar a mi isla. Pero de lo que carezco es de valor y tengo que resignarme a permancer en este lugar.

Alguien toca a mi puerta mientras termino estas líneas. Podría preguntar quién se atreve a molestar mi silencio, a interrumpir mi ocio. Podría incluso abrirle y permitirle sentarse a mi lado a mirar cómo va pasando la noche que prescinde de ambos. Hasta podría invitarlo a mi cama y dormir plácidamente después de hacernos el amor hasta la madrugada. No me tomo la molestia siquiera de ver su sombra que se extiende seguramente por debajo de la puerta. Coloco un punto y aparte para observar por la ventana.

Vuelvo. Quien tocaba se fue después de insistir por varios minutos. Por la calle, las personas caminan asustadas. Como si huyeran de la vida, o como si desearan perderse en las luces de la ciudad. Me cansé de mirar la desesperación ajena. Por eso he vuelto: para escribir sobre esta hoja palabras que se hilvanan poco a poco. Para recordarme que tengo que respirar para seguir viviendo en un mundo que doy por muerto. O que me da por muerta, es lo mismo.

El papel se acaba con cada frase. Yo debería acabarme con él. Finalizar una función que a nadie beneficia. Quizá, con la misma tinta con la que ahora tiño el blanco, teñir mi sangre. Sólo esperaré a que terminen de fluir estos seres que me habitan, que aún anhelan llegar al otro lado, lejos de lo que soy. Y entonces, únicamente entonces, colocaré el punto final a todo…

Despedida

Caminé por la ciudad varias horas hasta llegar a un pequeño café, perdido entre tantas calles. Entré al lugar con el único fin de despedirme de esa ciudad que ahora derramaba desde el cielo torrentes de lágrimas que surcaban los cristales. Adentro, también lloraba, no por mí ni por los recuerdos que me llevaba, sino por el ritmo armonioso de las noches lluviosas como ésa que me consolaron. Frente a mis ojos, las luces encendidas de otros ojos me miraban fugazmente.

La hora de la despedida era inevitable y, sin embargo, intenté prolongar los pequeños sorbos dados a un café que parecía presuroso por terminar. Las lágrimas continuaban deslizándose sobre los cristales al compás de las mías. ¿Volvería algún día a pasearme por aquellos pasajes? No lo sabía, como tampoco lo sabía el cielo que miré tantas veces con el alma enrarecida. El mismo cielo que surqué incontables ocasiones y que me devolvía el gemido de otras alas. Allí, en un café cualquiera, se me anticipaba la hora.

De lejos se me ofrecía la música de quienes ignoran el momento último y tuve que abandonar el lugar. Caminé de nuevo por la ciudad, empapándome de breves instantes. Tenía que regresar de donde había partido para encontrarme. Y aunque la búsqueda no había sido en vano, cada paso hacia la salida dolía igual que los primeros dados a la entrada.

Apocalipsis

Génesis

El universo se hizo grande. Se expandió en un segundo por la nada que se convirtió en espacio. Millones de partículas se conglomeraron en distintos puntos. Así nacieron las galaxias, las estrellas, los planetas. Y dentro de los planetas comenzó a gestarse vida.

El ocaso sobrevino después: cuando los seres habían poblado superficies enteras, la nada reclamó su lugar primigenio y devoró como antes había sido devorada. El universo se colapsó. Volvió a reinar el vacío absoluto y, como montículo errante, el universo giró y giró. Algún día, probablemente, explote de nuevo.

Desierto verde

Desde la cima, observo el desierto verde que se extiende bajo mis pies. En el fondo, miles de seres viven en la espesura que se prolonga más allá del horizonte que mis ojos abarcan. El desierto verde respira con gran potencia y se asfixia con su propio oxígeno.

Sé que para él yo no significo nada: salvo una de las tantas criaturas que lo pueblan. Pero para mí, él es semejante a la gran furia que me devasta. El ruido, que sube como catarata violenta, se une al mío. Y las nubes, que no terminan de pasar, se desgarran encima nuestro. Con el alma húmeda, continúo observando el desierto verde que se viste de agua. No sé si las horas se han detenido o si el tiempo me ha abandonado, pues el día no muere y yo no tengo prisa por que lo haga: desde esta cima esperaré el final del mundo.

El derrumbe del mundo

El derrumbe del mundo sobrevino de madrugada, mientras hombres y mujeres dormían. Sobre de ellos cayó el cielo y bajo sus pies se desmoronó la tierra. No tuvieron tiempo siquiera de vestirse: corrieron desnudos por las ciudades y las selvas, tratando de huir de lo inevitable. No lo lograron.

En grandes grupos fueron cayendo a las entrañas del planeta o fueron aplastados por las nubes y el azul del firmamento. Muy pronto desaparecieron para siempre, y la Tierra terminó por fragmentarse convirtiéndose en un puñado de trozos que circundaron otros soles como cometas.

Así sobrevino el derrumbe del mundo, así fue su final y su principio.

Crónicas

La caída de la otra Melibea

Gran dolor llevo de mí, mayor de ti, muy mayor de mi vieja madre. Dios quede contigo y con ella; a Él ofrezco mi ánima: pon tú en cobro este cuerpo que allá baja.

FERNANDO DE ROJAS,
«La Celestina»

Cuando Melibea cayó desde lo alto de la torre, Calixto no estaba: se había ido antes, entre la sangre que derramó. Melibea fue cayendo lenta, muy lentamente envuelta por el grito de sus padres que la observaban incrédulos. Pero Melibea no tocó el piso en silencio. Durante su viaje a través del vacío se interrogó y discutió consigo misma por qué lo había hecho si ya Calixto no la vería ni comprendería su sacrificio.

Melibea (mientras cae): Calixto, ¿dónde estás, por qué te fuiste y me dejaste en medio de un dolor tan atroz que me nubló la mente y ahora cometo este terrible acto? Calixto, ¡devuélveme los besos y los abrazos!, ¡devuélveme el corazón que se me está deteniendo!, mis lágrimas que se evaporan. Calixto, ¿adónde te has ido? Jamás estaremos juntos, porque imploraré al que gobierna que no lo permita, no consienta que tú y yo, o que mi alma y la tuya se unan. Si tan sólo mi cuerpo no se hubiera consumado en tu piel, si tan sólo mis manos no te hubieran recorrido y tus labios posado sobre mi vientre. Pero no fue así, y tú, Calixto, te has ido sin atreverte a dar la cara por aquella que se entregó con engaños. ¡Celestina!, ¿me oyes?, escucha mi cuerpo caer desplomado, que mis entrañas al golpear el suelo te puncen dentro, tan dentro que nunca vuelvas a dormir sin recordar el estallido de mis vísceras y el crujir seco de mi corazón porque tú, más que ninguna otra Eva, eres culpable de mi infortunio, de esta muerte condenatoria que me espera tan pronto se acabe el aire. A ti, Celestina, la maldita entre las malditas, mi padecer, mi derrota. A ti, la más horrenda de las vidas y los más insufribles padecimientos del alma porque eres la mayor culpable. ¡Dios, óyeme! En mis últimos segundos, escucha mi voz moribunda, mi súplica quebradiza: que no sea mi tormento estar junto a su presencia pues si por él he de morir y condenarme, que no sea también quien ejecute la sentencia. Prefiero agonizar eternamente entre las llamas más ardientes del infierno, ser triturada infinitamente por las fauces de Luzbel, que soportar estar a su lado por siempre, porque sé que volvería a pecar hora tras hora a causa de mi odio, del rencor que albergo en mi ser. A ti Señora, tú que pariste de las entrañas a aquél que nos libró de nuestros pecados, pero no de nosotros mismos, te pido misericordia. ¡Piedad, para esta pobre hija tuya que ahora cae para nunca más levantarse de entre las piedras!

Y Melibea cayó, terminó su descenso aún con los brazos abiertos como implorando clemencia. Su cuerpo se estrelló en las rocas y de su boca se escapó el hálito de vida que conservó hasta el último instante, justo cuando se produjo el estruendo del impacto. Sus padres miraron atónitos a la hija que yacía en la sima, mientras Celestina era poseída por dolores tan punzantes que la postraron en cama hasta el día de su muerte.

Conversación

Estoy aquí, boca arriba, pensando en aquel tiempo para olvidar mi soledad. Porque no estoy acostada sólo por un rato. Y ni en la cama de mi madre, sino dentro de un cajón negro como el que se usa para enterrar a los muertos. Porque estoy muerta.

JUAN RULFO
«Pedro Páramo»

Puse de nuevo atención y aún discutían. Algunos alegaban que Rulfo no nos había tomado lo suficientemente en serio; otros, que Dostoievsky se había burlado de nuestra condición y que merecía ser olvidado por sus burlas; y algunos más, que el humor de Garro disminuía nuestra calidad de muertos. Lo cierto, coincidían todos, era que tales autores ahora también estaban sepultados bajo enormes lápidas de mármol y sabrían que, si bien lo que habían escrito no estaba del todo equivocado, uno por lo menos seguía conservando, en estas circunstancias, la dignidad.

Yo no quise entrar en la discusión, sólo deseaba que se callaran un momento para que se les olvidara el comentario que había hecho el del nicho superior[1]. No sé por qué se le ocurrió decir que él, en vida, había leído a varios autores y que nada tenía que ver el estado de los muertos descrito en sus libros con el que él, y el resto, guardábamos. Así comenzó todo. El niño, de la tumba contingua,[2]

---

[1] Cuando el señor de las cenizas aún no lo era, vivía en una gran casa rodeado de árboles de mango y flores de cempazuchil. Él mismo los había plantado y cuidado siendo niño. Los reconocía como quien reconoce a sus hijos: cada árbol, cada nueva flor, tenían un nombre.

El señor de las cenizas, pues, vivía entre sus vástagos, y era feliz o al menos eso creía. Nunca se imaginó que esa vida le reclamaría su muerte para poder continuar. Ni cuando uno de esos árboles le advirtió, con un rayo, que le habían exigido en sacrificio. El señor de las cenizas no hizo caso y se quedó allí: paseándose sin preocupaciones por entre los troncos y los tallos de su huerta-jardín. Así trazó su sino.

Y una noche, mientras dormía sin miedo, sus vástagos le cobraron el precio: llamaron con sus copas a esos rayos que antaño les habían servido, y ardieron al unísono. El señor de las cenizas murió en su propia pira. Sus hijos, los verdaderos, reconocieron apenas su cuerpo reducido por el fuego, que terminó la tarea en el crematorio. De esa manera se convirtió en tierra, mas no regresó a ella como habían conspirado sus retoños: los otros se lo llevaron lejos. Encerrado en una urna lo colocaron en un nicho allá, en un cementerio distante.

[2] «Un niño de ocho años se suicidó ayer, colgándose de la regadera del baño con el cinturón de su hermano mayor. No dejó nota»

ignoraba de qué hablaba aquel señor disminuido a cenizas y preguntó, ingenuamente, de qué se trataban esos libros. La señora de Pérez,[3] que nunca se queda callada, le dijo a grandes rasgos lo que en

---

La psicóloga leyó la noticia en voz alta para ejemplificar lo que había venido diciendo desde el principio del programa. Yo la escuché con atención, pues me resultaba increíble que alguien, ante millones de personas, se atreviera a revelar algo tan íntimo de mi familia. Nadie tenía derecho a inmiscuirse en nuestros problemas. Esa mujer invadía sin más nuestro territorio: ni siquiera había pedido permiso para acercarse.

«Comúnmente este tipo de suicidios ocurre por la falta de integración familiar...» Continuó como un torrente imparable. La mujer creía que su título le otorgaba autoridad suficiente para juzgarnos, o mejor dicho, juzgarme: inmediatamente después inició una explicación sobre la figura materna como causante de conflictos y, aunque también habló del padre, el daño que me había hecho era irreversible.

Llena de furia, le grité a la televisión que reproducía su imagen y hacía escuchar su voz. La insulté, lloré, pataleé. No podía culparme, no a mí que tanto lo cuidé estando enfermo. Yo, que jamás creí que una pregunta inocente fuera fatal: «¿mamá, si me muero, dejará de dolerme?» «Sí —le dije sin saber lo que acarrearía esa respuesta tan simple— pero si te mueres ya no podrás jugar, ni asisitir a la escuela.» Él ya no escuchó lo último: esa misma noche el cáncer se lo llevó.

[3] Amanecer acostada en la cama con el corazón detenido, nunca fue tu ideal de recibir visitas. Siempre habías tenido esmero en la preparación de la comida, del arreglo de la mesa, de la bebida, en fin, de todos los detalles. Pero esa mañana no tuviste siquiera la oportunidad de levantarte y peinar tu cabellera gris: en bata se te obligó a dar la bienvenida a la gente que vino a ver la manera en que uno deja de respirar.

Tu vecina fue la primera en abrir la puerta y gritar desesperadamente. Tal vez dos días sin noticias tuyas, o quizá el olor que empezó a expedir tu cuerpo, fue lo que la movió a soliciellos estaba escrito, no sin intervenciones incómodas de Carmen.[4] Obviamente, los demás comenzaron también a involucrarse en la conversación y yo, que temí desde el principio que no pararía en varios días, intenté en vano desviar su atención hacia los gusanos que comenzaban a corroer a un recién llegado que rápidamente dio por terminadas mis preguntas al responder que no le molesta-

---

tar la ayuda del portero del edificio. Ella no pensó encontrarte rígida, acartonada.

Tras los gritos, el portero y los demás, personas incluso que pasaban por la calle en ese momento, se adentraron en tu recámara. La policía tardó en llegar tres horas: tiempo suficiente para que te rodearan caras extrañas, ávidas de estar cerca de la muerte estando vivas; gente que se deleitó con tu rostro cadavérico e imaginó todas las causas posibles de tu deceso.

La llegada de la policía no te ayudó mucho, pues se limitó a circundar la cama con largos listones amarillos. Y, así, los ojos ajenos continuaron mirándote, bebiéndose tu ausencia.

A mediodía te sacaron sin resistencia de tu casa. Fuiste llevada a la morgue, donde permaneciste más de una semana con el cuerpo abierto encima de una mesa fría. Al final te reclamó tu hija y te fue a enterrar al panteón que jamás te gustó para terminar tus días. Mas tu hija tenía prisa por regresar a su casa: al otro lado del océano. Así que te dejaste hacer como te habías dejado desde el principio de tu muerte.

[4] Carmen se levanta temprano. Se baña y arregla porque hoy, en la tarde, será su día. Así se lo ha venido diciendo su madre que la apresura. No sé si Carmen se habrá preguntado alguna vez si tantos preparativos en realidad valdrán la pena, pero de lo que sí se ha preocupado es en bajar de peso para que su vestido, uno enorme color durazno, le ajuste a la perfección.

Carmen y su madre salen de la casa. Toman el autobús que las deja justo frente a la puerta de la estética. Ya adentro, ban para nada esos bichos.[5] En fin, como iba diciendo, esos señores no sabían a ciencia cierta qué escribían, pero su instinto no les falló del todo. ¿Usted cree que de muertos se habrán lamentado por tanta tontería? Ni se han de preocupar ya por eso, de lo que tal vez sí se lamenten es de no haber

---

Carmen se desespera ante la lentitud de la peinadora que no termina de despachar a una de las clientas. Después de mucho tiempo, Carmen, finalmente, se sienta frente al espejo y, tras una hora, ella y su madre regresan a casa en taxi.

Carmen y la madre llegan, pues, a casa y todo se desarrolla entre gritos de desesperación y molestia. El carruaje que la transportará a la iglesia, se detiene delante de la puerta. El conductor del vehículo toca el timbre. La madre grita, el padre la ignora; uno de los hermanos baja y abre al desconocido. La casa entera se vuelve un caos.

En un caparazón acrílico y rodante, que semeja una gran calabaza, Carmen es llevada a la iglesia. Sus padres la siguen en su propio automóvil. El carruaje se detiene frente al atrio. El conductor le abre la pequeña puerta para que salga. Ella, con dificultad, logra descender de su nicho. El conductor se adelanta un poco y los padres de Carmen observan extasiados a su hija que en unos minutos más estará recorriendo el pasillo central de la iglesia. Carmen se da la vuelta y los saluda. Ellos le devuelven el saludo y ella se aproxima un poco para comentarles algo. La madre, horrorizada, ve cómo se acerca a su hija una camioneta a toda velocidad. Trata de gritarle que se haga a un lado, mas Carmen no la escucha: el golpe seco de su cuerpo al golpear contra la defensa e impactarse en el pavimento, le impide oír lo que la madre le indica. La camioneta huye, sin que nadie pueda detenerla: han quedado atónitos ante lo imprevisto. Carmen yace, con su vestido amplio, a algunos metros de la calabaza que la transportará al cementerio en unas horas.

[5] Milos irá a la facultad a dar sus clases. Se pasará en vela toda

terminado tal o cual obra o de no haber hecho caso a alguna sugerencia. Y así se la pasaron, toda una semana.

Traté de ignorarlos lo más que pude, pero finalmente sus voces cavernosas me hicieron prestarles atención. Ya no me esforcé porque terminara ese intercambio de opiniones, tan erradas en ocasiones que hasta el niño se reía de lo que la señora de Pérez o Carmen hacían notar. ¿Recuerdan cuándo llegó Carmen? Cómo no hemos de acordarnos, si parecía una princesa. Una princesa de pastel. ¡Cállate, niño grosero! Déjelo, señora, déjelo, no sabe lo que dice, es apenas un niño. Sí, pero muy impertinente y me molesta pensar que hasta el día

---

la noche siguiente calificando los exámenes y llenando formatos. No podrá salir con Martha, la joven que conoció en uno de sus bares preferidos. Ella se molestará porque Milos le había prometido que el fin de semana lo pasarían juntos. Pero Milos no podrá dejar a un lado sus obligaciones.

Milos tendrá que regalarle flores y chocolates para que ella se olvide de su agravio. También se verá en la necesidad de reservar una mesa para dos en el restaurante que a ambos les gusta. Milos gastará lo que le sobre de su quincena en la reconciliación. Sabe que le pedirá un préstamo a su hermano y que éste, como de costumbre, le hará firmar un pagaré como medio de presión. Milos no acostumbra a pagar sus deudas.

Milos caminará entonces con el documento en uno de los bolsillos del pantalón y el dinero en el otro. Intentará darle alcance al autobús que pasará de largo porque Milos ha perdido su condición: tantas horas frente a la computadora y el escritorio le han atrofiado los músculos que en otros tiempos le hicieran del juicio tengamos que soportar sus tonterías. Hasta el día del juicio o hasta que nos cansemos de estar metidos aquí, entre tierra y piedra. De veras, ¿cómo será allá abajo? A mí todavía me da miedo eso del juicio, que tal si me condeno. La conversación, por fortuna, tomó otro giro, el mismo que toma cada vez que se hace alusión a nuestra estancia literal en la tierra y la desaparición de quienes se atreven a callar para siempre y cruzar la enorme luz que desde las entrañas del mundo nos ilumina. No tardarían, pues, en agotar todos sus argumentos para no ir hacia ella, y con esto guardarían silencio un largo tiempo: tan largo como tardara el del nicho en lanzar alguna otra observa-

---

ganar un par de medallas que su madre exhibía orgullosa en la sala. Milos esperará el próximo vehículo que tardará en pasar varios minutos, pues en domingo la mayoría descansa.

Desde la esquina contraria, Milos verá acercarse a un par de jóvenes a los que no temerá al principio, pues ellos cruzarán la calle conversando como buenos amigos. Milos verá en su reloj que se le ha hecho tarde y, en ese descuido, no se percatará de que los jóvenes se han colocado junto a él. La punta de una navaja enterrándose en su abdomen, hará voltear a Milos y entonces sí tendrá miedo. La pareja lo insultará y lo obligará a entregarles el dinero. Milos pensará en la desilusión de Martha y en los reclamos del hermano que no le creerá la historia. Así que Milos se esforzará en vano en resistirse: el metal dentro de su cuerpo terminará por doblegarlo y la pareja, se irá tranquilamente como había llegado. Milos contará los minutos que habrán de pasar entre su infortunio y la llamada hecha por un transeúnte que lo verá herido sobre la acera. Milos será incapaz de contar ya el tiempo que se tomará la ambulancia para trasladarlo a la morgue.

ción al aire, como no queriendo, enfrascándose todos en un nuevo alegato. Mientras tanto, me alegraba de que mis oídos pudieran descansar y de que mi espíritu pudiera reflexionar, reflexionar mucho, si yo ya estaba preparada para cruzar la luz.

Renacimiento

Son diez. Casi todos blancos. Alzan la tibia cabeza hacia las lámparas del salón, los tres soles inmóviles de su día, ellos que aman la luz porque su noche no tiene luna ni estrellas ni faroles. Miran su triple sol y están contentos.

JULIO CORTÁZAR,
«Carta a una señorita en París»

La llegada del equinoccio de primavera hizo estragos en su ánimo. Durante todo el año había disfrutado de una alegría inaudita, tan inaudita en su persona que le había hecho sospechar de alguna depresión severa. Por tal motivo, había visitado al médico en un par de ocasiones pero éste, al ver que los síntomas que le narraba no tenían nada ver con enfermedad alguna, le recomendó disfrutar de su vida y de tomar las cosas con el mismo optimismo con el que hasta entonces las había tomado. Transcurrieron los meses, y las estaciones, sin cambio alguno, salvo por el ocurrido exactamente el día del equinoccio.

Con pereza se levantó de la cama aquella mañana y de inmediato notó que la alegría se había esfumado. Una sensación de hastío recorría su cuerpo sin que pudiera hacer algo por frenarlo. Muy pronto sintió un vacío atroz y la desesperación propia de quienes son agobiados de súbito por la idea del fracaso. Pese a ello, no llamó al médico: su estado de ánimo habitual había regresado y nada podía hacer para alejarlo, al contrario, con él a cuestas la seguridad volvía a su vida. Así que, con esa certeza, se duchó, vistió y arregló. Iría a su trabajo y no tendría que soportar los comentarios felices de sus compañeros, pues éstos se darían cuenta de que los días tormentosos habían vuelto.

Se dirigió a la parada del autobús, soportando la molestia del insensato sol que se atrevía a iluminar el cielo azul. Maldijo un par de veces, como había sido su costumbre, y se sentó a esperar el vehículo que muy pronto se atestaría de gente cuyas caras, hasta ahora sombrías, con el transcurrir de la primavera se volverían juveniles y rosadas. Tendría que soportar ésa y otras incomodidades semejantes hasta el otoño, o tal vez hasta el invierno, cuando la misma gente, a causa de la brevedad de los días, se sumergiría en un mutismo y un desgano tales que le devolverían las fuerzas necesarias para continuar compartiendo el mismo espacio con ella.

El transporte tardó lo de siempre. Y el conductor, el mismo en aquella hora, supo de inmediato que los viejos tiempos regresaban al ver que se subía con fastidio. Nunca antes se habían saludado, ni después lo harían, mas se conocían las caras y sabían perfectamente cuándo el otro se sentía molesto o disgustado o, simplemente, cansado. Sin decir nada, pues, abordó el vehículo y se encaminó a su asiento habitual, donde lo esperaba su compañera de viaje: una anciana que diariamente iba a una iglesia a matar un par de horas entre rezos y chismes. Se sentó, sin dirigirle la palabra pues nunca se hablaban. La anciana también se percató de su vuelta a la normalidad, pues el desencanto le transpiraba por el abrigo.

Veinte minutos le tomaba llegar a la puerta de su trabajo. Los mismos que tuvo que compartir con las personas que invadieron los asientos y pasillos del autobús. Transcurrido ese tiempo, descendió los escalones y se encontró frente al guardia que de inmediato, al identificar su rostro marchito, le abrió la puerta del edificio con una sonrisa en la cara. Algunos de sus compañeros de trabajo, al ver aquel cuerpo desplazarse con pesadez por entre los escritorios, celebraron en secreto su triunfo: las apuestas sobre cuánto más le duraría la alegría, conocían a los ganadores. Todos se habían estado preguntando el motivo de aquel cambio sin poder establecer a ciencia cierta las causas precisas. El regreso a la personalidad acostumbrada de aquel ser, en cierta medida, los reconfortaba. Nadie quería relacionarse con alguien que posiblemente se había transformado en otra persona: las cosas, por fortuna, volvían a la normalidad.

Con una inclinación de cabeza, que le sirvió para saludar a sus colegas, se quitó el abrigo y lo colocó en el perchero que estaba junto a la cafetera. Se sentó frente a su escritorio y tomó los papeles que un día antes había dejado sin concluir. Trabajó durante las ocho horas sin ponerse de pie ni una sola vez, ni siquiera para tomarse la media hora reglamentaria de la comida. Terminó su jornada y, de la misma forma en la que había llegado, salió de la oficina y fue a su casa. Hizo el recorrido de la mañana, en sentido opuesto, y se encontró abriendo la puerta de su hogar. Antes de entrar, recordó lo hecho durante el día y supo que, si en doce horas su fastidio no había disminuido, entonces no lo haría en mucho tiempo. Esa idea le resultó confortante. Le resultaba cómodo saber que no tendría que preocuparse por la felicidad en meses. Sólo entonces entró y encendió las luces. Sus hábitos regresaban y mecánicamente realizó lo que tenía que realizar.

Después de comer y lavar los platos, fue a su estudio. Ahí, sobre una mesa plegable, lo esperaban cientos, miles de pequeñas esferas transparentes. Una mueca, semejante a la sonrisa, se posó en su cara: había abandonado su pasatiempo a causa de aquella estúpida alegría que se atrevió a entrar en su cuerpo. Ahora reanudaría esa actividad que nadie comprendería aun cuando la conociera. Se acercó a la mesa y contó las esferas que formaban cuatro hileras, una al lado de otra. Conforme con el número, se sentó en el piso y comenzó a frotar sus pulgares contra los dedos índices y medios. Poco a poco se formaron dos gotas entre ellos que se solidificaron en minutos. Colocó las nuevas esferitas enseguida de las últimas y continuó frotando. Sabía que el espacio de la mesa pronto sería insuficiente, mas eso no le preocupaba. Como de costumbre, al llenarse la mesa, sacaría del ropero una de las cajas en las que las guardaba, y volvería a formar hileras. No tenía prisa por concluir esa tarea. Sabía perfectamente que así pasaría el resto de la primavera, del verano, de su vida. Mientras la alegría no se atreviera a inmiscuirse de nuevo en su mundo, tendría tiempo de sobra para seguir engendrando esferas.

Historia de Madame Sau

Con una libreta y un lápiz en la mano, llegué a una aldea de la sierra, lejos de toda civilización, para escribir la historia de Madame Sau, una señora enigmática cuya vida había interesado a mi jefe. Él había escuchado algunas anécdotas sobre los poderes de una señora extraña que vivía en una aldea igualmente enigmática. Impresionado por las historias de esa mujer, me ordenó ir a aquel lugar e indagar más sobre la leyenda erigida en torno a ella. Yo no tuve más remedio que resignarme a cumplir el trabajo y cubrir la nota como periodista que soy.

En el camino, ordené un par de preguntas que le haría a los pobladores una vez que hubiera llegado al poblado cercano a aquella aldea. Mi jefe me había encomendado recopilar la mayor cantidad de información posible, por lo que debía entrevistar a los habitantes. La historia en realidad no me interesaba más allá del cumplimiento de mi trabajo. Así que, en cuanto el camión se detuvo, me di a la tarea de contactar a las personas más ancianas del lugar, o a aquellas que tuvieran algún poder en el pueblo o, en fin, a las que suponía podían ayudarme en la recolección de datos.

En el pequeño hotel en el que me hospedé, interrogué al dueño y él me envió a las afueras del poblado. Me dijo que posiblemente el señor Duval sabría más que él sobre esa terrible historia. ¿Terrible? Le pregunté incrédula. Él no me respondió, y yo no insistí. La historia de Madame Sau no me parecía fuera de lo común, así que el calificativo de terrible me resultaba exagerado. Le agradecí al dueño de todas formas su ayuda y fui a la casa del señor Duval. Éste me recibió amablemente y me invitó a pasar después de comentarle el objetivo de mi presencia en su casa.

Contrario a lo que me imaginaba, el señor Duval aún conservaba algo de su juventud en sus ademanes, aunque definitivamente las canas y las arrugas evidenciaban la edad que el buen ánimo pretendía disimular. Sin perder más tiempo, y una vez que me hube acomodado en el viejo sillón de la sala, le pedí que me narrara la historia de Madame Sau y todo aquello que entorno a su persona se había venido creando con los años. El señor Duval me miró con ojos inquietos, pero se decidió a hablar después de algunos minutos de silencio.

Madame Sau había llegado a la aldea vecina como esposa de uno de los labradores. La gente del lugar, desconfiada y poco afecta a los extraños, la había recibido con recelo y se negaba a dirigirle la palabra más allá de lo estrictamente necesario, que no era mucho. Madame Sau, que en aquel tiempo contaba con veinte años, había hecho todo lo que estaba en sus manos para granjearse la simpatía de los aldeanos, mas éstos siguieron ignorándola tan groseramente que Sau, como la llamaban entonces, se quejó con su marido del trato recibido por parte de los pobladores y le pidió que regresaran a su pueblo. El marido de Sau, que había heredado de sus padres la granja y la tierra en la que vivían, se negó a abandonar lo que poseía y, sólo por darle gusto a su mujer, habló ante el concejo de aldeanos para pedirles de favor la aceptación de su esposa. El concejo, sabiendo que en su decisión se jugaba la tranquilidad del pueblo, le pidió unos días para deliberar. El marido de Sau esperó, junto con su mujer, la hora indicada para conocer la opinión del concejo. Lo que aquellos hombres decidieron no agradó demasiado a Sau, mas su esposo podía estar tranquilo pues no tendría que preocuparse más por dejar sus tierras: Sau debía ser amable y ayudar a los habitantes en las labores en las que ellos requirieran de auxilio, a cambio, los pobladores terminarían por aceptarla como un miembro más del lugar después de un año. Sau se resignó ante tal decisión absurda y cumplió al pie de la letra con lo establecido.

Pasado un año de servicio, Sau seguía siendo vista como extranjera en aquella aldea, y por más amable que se comportara, los pobladores no dejaban de hacerla a un lado en las reuniones, fiestas o cualquier otro acontecimiento que involucrara a la comunidad. Sau se quejaba frecuentemente con su marido de esa actitud despótica que hacia con ella continuaban manteniendo los habitantes, pero el marido la consolaba diciéndole que terminarían por aceptarla, tal y como el concejo había acordado. Sin embargo, tras la muerte de su marido, Sau fue tratada con mayor desprecio pues ya nada la unía realmente a aquella aldea. Sau, no sabiendo qué hacer, permaneció en su casa, confundida y sobreviviendo con lo poco que lograba cosechar de su parcela.

Se dice que Madame Sau tiene ciertos poderes. Mas éstos no le son natos. Después de un tiempo Sau decidió salir de la aldea y regresar a su pueblo. Mientras caminaba por la calle principal de la aldea, Sau lanzó un injurio a todos los pobladores quienes al verla pasar le cerraban las ventanas y puertas de sus casas. Sau los amenazó con volver de tal forma que todos se someterían a ella sin protesta alguna, adorándola como a una reina. Nadie hizo caso a sus palabras y llegaron a olvidarla. Sin embargo, Sau regresó un día, vestida con sus ropas ordinarias, y cruzó la aldea por la misma calle por donde había salido meses atrás. Al verla, los aldeanos sintieron el repudio y el disgusto de tener que compartir de nuevo su tierra con aquella desconocida. Sau ignoró los comentarios que abiertamente le hicieron a sus espaldas y se encerró en la que antes había sido su casa. Clausuró las ventanas y no permitió que nadie ni nada entrara a su vivienda durante varios días. Por las mañanas, la casa parecía vacía, abandonada, pero por las noches, ruidos extraños la invadían sin que los aldeanos se preocuparan por investigar las actividades de Sau. Tan grande seguía siendo su desprecio hacia ella. Transcurrida una semana, Sau salió de la casa, llevando un vestido negro y un velo que le cubría la cara. Se dirigió al bosque sin pasar por la aldea. Allí estuvo otra semana, para alivio de los aldeanos que incluso creyeron que había sido devorada por los animales del bosque y no se molestaron en buscarla. Pero Sau también regresó del bosque y quitó las tablas que había colocado en las ventanas, abriendo de par en par la puerta de su casa y limpiando todo su hogar. Sau se cambió de ropa y adoptó un vestido blanco, coronando su cabeza con una diadema de flores que trajo del bosque. Ese día, Sau volvió a caminar por las calles de la aldea, mas no se limitó a hacerlo por la calle principal, sino que recorrió todos y cada uno de los caminos que la atravesaban. Tocó con su mano izquierda cada vivienda, cada granja, cada edificio que conformaba la aldea y esparció los pétalos de las flores de su corona alrededor de la aldea, formando un círculo. Finalmente, Sau regresó a su casa y desde la entrada gritó con todas su fuerzas que ella era Madame Sau y que los todos los hombres, mujeres y niños de esa aldea le pertenecían desde aquel instante. Los habitantes la creyeron loca y la dejaron hacer cuanto se le antojó.

Muy pronto la aldea comenzó a sufrir un cambio inexplicable: los hombres casados se sintieron repentinamente atraídos por Madame Sau y poco a poco se formó un grupo de ellos afuera de su casa. Madame Sau no los recibió de inmediato, sino que esperó un par de días, provocando con ello que los hombres le implorarán poder verla, trabajar sus tierras y, en fin, servirla en todo cuanto ella quisiera. Las esposas y el resto de los aldeanos, intentaron en vano alejarlos de la casa de Madame Sau. Los hombres, una vez que eran conducidos a la fuerza a sus hogares, se las ingeniaban para burlar a los vigilantes y regresar junto a Madame Sau. Ella los hizo hacer todo sin siquiera asomarse a la ventana. Finalmente, después de dos días de tortura, les abrió la puerta de su casa y les permitió la entrada. Estuvieron dentro de la vivienda poco tiempo, pues Madame Sau los mandó trabajar a su huerta y a los campos que poseía, y que le habían sido heredados por su marido. Las semanas pasaron y aquellos hombres continuaron trabajando durante el día, y descansando por las tardes rodeando la casa de Madame Sau; mientras que las mujeres cuidaban de los hombres que, con disgusto, aceptaban la comida que se les ofrecía.

Al cabo de un mes, en el que nada pudieron hacer los demás por exorcizar a los hombres casados, comenzaron a hacer lo propio los jóvenes solteros a quienes siguieron los niños y, finalmente, los ancianos. De esa forma, lentamente Madame Sau se convirtió en la adoración de los varones de la aldea, mientras las mujeres, preocupadas y sin saber cómo curarlos, veían a sus hombres ir hacia los campos de Madame Sau y regresar, para quedarse igual que perros guardianes frente a su puerta. Tampoco ellas tardaron mucho tiempo en ser encantadas. Tal como sucediera con los varones, las mujeres casadas se sintieron súbitamente atraídas por la figura de Madame Sau, llegando a vestirse como ella y a trabajar en los quehaceres que Madame Sau, desde dentro de su casa, les indicaba. Lo mismo sucedió con el resto de las mujeres, terminando la aldea entera al servicio de Madame Sau quien, sólo al confirmar que todos los habitantes la idolatraban, salió de su casa y se dirigió a la iglesia. La aldea la siguió hacia el atrio y Madame Sau, desde lo alto del campanario les ordenó regresar con sus familias, trabajar los campos, procrear y entregarle el fruto tanto de su trabajo como de sus amores. Los aldeanos no estuvieron de acuerdo. Insistían en estar cerca de ella, pero Madame Sau los amenazó con irse y ellos, temerosos de que cumpliera sus palabras, tuvieron que cumplir.

Cuando Madame Sau descendió de la torre, los aldeanos la rodearon y ella, de entre los jóvenes, escogió a un par de muchachos y a otro de chicas para que la sirvieran en todo, incluyendo el placer. A los otros los mandó a sus casas, ordenándoles nuevamente entregarle sus cosechas e hijos. Madame Sau regresó a su casa, seguida por los cuatro jóvenes que después obligó a casar entre ellos y realizar lo que el resto, a la vez que volvía a seleccionar a aquellos que la servirían. Madame Sau, pues, arregló los casamientos, disponiendo quiénes se casarían, alimentándose con el trabajo de los aldeanos y llevando, de vez en cuando, un par de niños al bosque sin regresar jamás con ellos. Nadie se cuestionó esas desapariciones. Después del encanto que había ejercido sobre la aldea, los niños recién nacidos lloraban incontrolablemente, repudiando a sus madres y padres y consolándose sólo al ser llevados ante Madame Sau quien, tocándoles la frente, les ordenaba permanecer al lado de aquella pareja que los había engendrado, prometiéndoles que muy pronto estarían sirviéndole. Únicamente así los bebés se tranquilizaban y, al crecer, en cuanto podían andar solos, huían de sus casas para vivir con Madame Sau. Ella, tras unos días de mantenerlos ocultos, los obligaba a regresar con sus padres y guiaba el resto de sus vidas.

Madame Sau se convirtió en una diosa para todas aquellas personas y ejercía el poder de acuerdo con sus intereses. Mas su hechizo no se limitó a los habitantes de la aldea. Los caminantes que se atrevían a pasar cerca de donde Madame Sau había esparcido los pétalos de su corona, se sentían hipnotizados por ella, aun cuando nunca antes la hubieran visto. Ella los recibía y, si le agradaban, los hacía quedarse desde un par de semanas hasta el resto de sus vidas, casándolos con las jóvenes y muchachos de la aldea. A los que despreciaba, por distintas razones, los corría enérgicamente. Éstos eran conducidos por los habitantes a las afueras de la aldea y eran insultados. Los caminantes, una vez lejos del lugar, rompían a llorar amargamente y se alejaban desconsolados. Conforme se retiraban, sus lágrimas desaparecían y la figura de Madame Sau les resultaba ajena, olvidando su estadía en la aldea e incluso la adoración que una vez sintieron por ella.

Todos eran atrapados por su hechizo y sólo Madame Sau era capaz de deshacerlo o de acrecentarlo hasta que aquella persona, que había caído en su magia, quedaba prendida de su imagen por el resto de sus días. Se dice que aún hoy sigue ejerciendo ese encanto, y que la sangre de los infantes que han desaparecido, además de ser ofrecida como ofrenda a los demonios que la ayudan para mantener su magia, la utiliza para conservarse joven, pues Madame Sau, a pesar de los años, no ha envejecido. Nosotros, los que vivimos cerca de su aldea, tenemos mucho cuidado de no pasar por los alrededores: más de uno de los nuestros se ha quedado allá. A los extranjeros que visitan por primera vez esta región, les informamos y prevemos para que no se arriesguen. Algunos hacen caso a nuestro consejo, otros consideran estas historias como simples leyendas y se han atrevido a desafiar la magia de Madame Sau. Ya se imaginará que también más de alguno de ellos no ha vuelto a su país de origen.

El señor Duval terminó su narración, mientras yo me apresuraba a anotar sus últimas frases en la libreta. Al principio, debo confesar, escuché la historia sin prestarle mucha atención, mas conforme fue avanzando, el relato me envolvió en su misterio. Sus palabras finales me parecieron repentinamente llenas de lógica y razón, pero al terminar de escribirlas, todo me resultó una leyenda impregnada de la fantasía propia de los pueblos. Aun así no hice comentarios al respecto. Me limité a transcribir en limpio algunos datos que me resultaron más importantes y a darle las gracias al anciano que, sin duda, vio en mi rostro la incredulidad, pues al despedirnos en el umbral de su casa volvió a reiterarme los últimos comentarios. Yo le agradecí una vez más su ayuda e información y me dirigí al hotel en donde había dejado mis cosas. El dueño del hotel, al verme regresar, me preguntó si el señor Duval me había sido de ayuda. Respondí lo más cortesmente posible a sus interrogantes. El viaje y la narración prolongada del señor Duval me habían fatigado demasiado. No obstante, tras el breve interrogatorio del dueño del hotel, tuve ánimos suficientes para encaminarme hacia la aldea en la que vivía la enigmática Madame Sau.

Salí del hotel, argumentando querer dar un paseo por las calles del lugar antes de dormir. Sabía que, si le comentaba mis intenciones al dueño del hotel, éste trataría de impedírmelo. El camión que me regresaría a la civilización salía muy de mañana y no quería perder un día más entre aquella gente supersticiosa, pero tampoco podía partir sin conocer a la mujer y al sitio que engendraban tales historias. Me encaminé entonces hacia la aldea misteriosa, con la idea de regresar al hotel en un par de horas. Comenzaba a obscurecer y no deseaba perderme. Avancé unos cuantos metros con dirección a la aldea y, de repente, sin que pudiera controlar mi cuerpo, empecé a correr con todas mis fuerzas. En el camino tropecé y me raspé las rodillas, mas eso no me importó. Una extraña urgencia por llegar a la aldea de Madame Sau me hacía correr y correr por entre los campos de trigo. Nunca supe en qué momento preciso detenerme, pues aún hoy sigo corriendo, mientras recuerdo la historia de aquella mujer y las palabras de advertencia del señor Duval.

Remordimiento

—¿Qué haces desnudo?

—Es que, es que no...

Y continuó desnudo frente a la puerta de su casa, con un pequeño carro de juguete entre sus manos. Su madre le llamó de nuevo la atención y él, sin responder esta vez, se dio a la tarea de correr por el patio de la vecindad, persiguiendo su sombra. No era la primera ocasión en que, sin explicación alguna, desnudaba su cuerpo y lo exhibía ante las miradas de las vecinas que desde niño lo observaron jugar en aquel patio. El joven no tenía remedio, eso lo sabían todos, mas la madre insistía en que se vistiera y se comportara normalmente, o al menos que disimulara hacerlo. Sus esfuerzos no habían surtido efecto alguno sobre el hijo que ahora recogía tierra para amontonarla en la esquina en la que había enterrado días atrás un polluelo muerto.

La madre terminó de barrer y lo llamó. Él suspendió su labor y corrió nuevamente alrededor del patio antes de detenerse frente a su madre que lo esperaba con una señal amenazadora en caso de negarse a entrar. El joven se rió y desapareció del patio. Las vecinas lo vieron cruzar la puerta y se sonrieron: salvo por su costumbre de correr desnudo, el chico no era peligroso y, al contrario, sus ocurrencias de niño las hacía pasar un buen rato.

El resto del día transcurrió sin novedad. El joven no volvió a salir, su madre se lo había impedido. Él tenía derecho a divertirse fuera de casa una vez al día, no más, por lo que ya ni se molestaba en insistir pues la respuesta de su madre siempre era negativa. Así que se sentó frente a la televisión, aún desnudo, y se quedó allí por largas horas. Mientras tanto, la madre terminaba de hacer el aseo de la vivienda y de preparar la comida. Su marido, el responsable del daño de su hijo, no tardaría en llegar y pediría, sin decirlo, su comida. A pesar de los años, seguía sintiendo la misma culpabilidad del primer día, cuando el médico, tras inspeccionar al chico, les informaba de un daño irreversible en el pequeño cerebro, producto de las continuas piruetas al aire que el padre acostumbraba hacerle al bebé. Él se había convertido, sin proponérselo, en el verdugo de su hijo: no fue capaz de notar el cambio lento de aquella sonrisa infantil que surcaba su rostro. El niño creció riéndose de todo sin motivo alguno.

La madre terminó de servir la mesa. El joven continuaba pegado a la pantalla televisiva y ella tuvo que apagarla a la vez que obligaba a su hijo a vestirse para después llevarlo hacia la mesa. El padre no tardó en llegar. Vio al hijo sentado, con su plato de comida desbordado a causa de los continuos movimientos juguetones del joven dentro del mismo. El padre no dijo nada: saludó con la mano y guardó su portafolios en el armario. Se lavó las manos y repasó, una vez más, la pregunta que le invadía la mente desde hacía años: ¿qué sucedería si su hijo amaneciera muerto? Se había imaginado un sin fin de posibilidades, desde la reacción típica del llanto amargo hasta la alegría disimulada. Ese día la segunda opción fue su respuesta.

El padre se sentó al lado de su hijo. La madre le sirvió también su comida, siendo la última en terminar. El llanto, con el paso del tiempo, la invadía con mayor frecuencia. El joven se levantó, tras haber ingerido sólo la mitad de su ración, la otra mitad yacía por la mesa, y se fue a un rincón a jugar con su carro y un avión. Los esposos se miraron. Ella bajó la cabeza, avergonzada de haber tenido la ilusión de que ese sufrimiento terminara algún día; él, por el contrario, siguió con la cabeza erguida unos minutos más: si él era el culpable de esa situación, él también sería el único en ponerle fin. La madre recogió la mesa y lavó los platos. El padre vio la televisión toda la tarde desde el sofá con una sola idea que no dejó de obsesionarlo ni siquiera durante la noche.

El joven se acostó temprano y el padre lo miró dormirse sin preocuparse por nada. Ella, al observar a su esposo pensativo, trató de persuadirlo contándole las travesuras cometidas por su hijo durante el día. Él la escuchó sin responderle. Ambos sabían que, al final de cuentas, era su hijo el joven que soñaba despreocupadamente delante de sus ojos. Ella tomó las manos de su esposo entre las suyas y movió negativamente la cabeza. Él no pudo contener las lágrimas y lloró largamente en el regazo de su esposa. Al día siguiente, el joven volvería a salir desnudo al patio y ellos, sin atreverse a nada, lo observarían hacer, en silencio.

Éxodo

La suástica amaneció pintada sobre la fachada blanca. No tenía mucho tiempo de haber sido dibujada, pues los hilos negros del spray aún no terminaban de secarse. Así la vio Moisés cuando salió al trabajo. Al cerrar el cancel, notó extrañado las casas vecinas. En todas, una suástica negra se distinguía groseramente. Casi por instinto volteó hacia atrás y miró el símbolo. No se sorprendió, sólo se acomodó la gabardina y caminó rumbo al trabajo como todos los días. En su trayecto, confirmó lo que desde un principio había deducido: la colonia había sido marcada durante la noche, como ellos lo habían sido desde hacía un par de meses. Moisés siguió caminando.

Al llegar a la oficina, leyó, junto con un grupo de amigos, el letrero colocado al lado de la entrada: el acceso les había sido prohibido. Moisés, y los demás compañeros judíos, estaban despedidos. Así que Moisés volvió a casa y empacó sus cosas lo más rápido que pudo. El dinero que guardaba, lo envolvió entre las ropas y sin despedirse de nadie, se dirigió a la estación del tren. Esa misma noche, tras una larga espera y rodeado de insultos, pudo atravesar la frontera y salir del país. No sabía exactamente hacia dónde se dirigía, pero eso poco le importaba, lo único que deseaba era irse lejos, tan lejos de Europa como le fuera posible antes de que todo el continente fuera arrasado por la guerra.

Después de dos meses de huida, Moisés llegó a Sudáfrica. Allí se estableció y vivió algunos años. No regresó a Alemania ni cuando terminó la guerra, ni cuando supo que sus padres habían muerto. Prefirió quedarse en su nuevo país y continuar su vida en medio de un régimen que no tardó en calarle hasta los huesos: muy pronto se dio cuenta de que el apartheid no era lo suyo, mas tardó en decidirse entre ignorar los absurdos y conservar las comodidades o irse a otro sitio en dónde sentirse libre. Las comodidades se impusieron por un largo tiempo.

Cansado de todo y de todos, un día Moisés decidió vender lo que tenía y abandonar África. Así lo hizo: una semana tardó en deshacerse de sus posesiones y, casi de la misma manera en la que había llegado, Moisés tomó el tren y partió. Contrario a su primera salida, había planeado ir a la

India, pues le resultaba atractivo vivir en un país que recién había conseguido su independencia pacíficamente. Moisés se fue despojando de lo que consideró un estorbo, incluso de los recuerdos y del duelo de sus padres. Totalmente otro, Moisés bajó del tren y se mezcló entre los pobladores de quienes, muy pronto, adoptó costumbres y vestimenta. Contagiado por el espíritu de Gandhi, Moisés regaló lo poco que conservaba y se dedicó a viajar por territorio hindú durante años.

Cercano a cumplir setenta años, Moisés, en uno de sus tantos viajes a las montañas, sintió deseos de ver nuevamente su país y, sin más, dio media vuelta. Como pudo, consiguió dinero suficiente para el boleto de tren. Viajó años enteros, siempre deteniéndose en los lugares hasta donde podía llegar con el escaso dinero que lograba ahorrar pidiendo limosnas o haciendo trabajos pequeños. Su rústico yiddish, así como su inglés salpicado de un extraño acento alemán, le vieron en más de una ocasión granjearse simpatías y, por consiguiente, comida caliente. De esa manera pudo llegar, diez años más tarde, a su tierra.

Moisés cruzó la estación, aún vestido con ropas hindúes, una mañana soleada de abril. En su mano izquierda llevaba un bastón de madera con el que se apoyaba. Sus pies, calzados con unas sandalias desgastadas, reconocieron de inmediato el calor de su ciudad. Moisés caminó por esas calles que tiempo atrás lo habían visto encaminarse presuroso al trabajo. Ahora, las recorría con calma, meditando en cada paso sobre su vida, su pasado. Le parecía que el tiempo se había detenido a pesar de los grandes cambios que la ciudad hacía evidentes.

Con tales reflexiones, Moisés logró dar con la que antaño fuera su casa. Se acercó al cancel y miró por entre las rejas: mucho de lo que recordaba, había sido modificado, sin embargo, sus nuevos moradores conservaban el pequeño jardín y las grandes ventanas por las que Moisés, alguna vez, observara pasar a los soldados. También miró la fachada, pintada de café. No pudo distinguir la suástica y eso, extrañamente, lo alivió. Moisés, de la misma forma en la que deseó regresar, quiso quedarse en la esquina y desde allí esperar la muerte.

Moisés fue asesinado durante la madrugada. No había pasado un día desde su llegada cuando un grupo de jóvenes, con la cabeza rapada, lo encontraron en la esquina. Sin decirle nada, los jóvenes sacaron de los bolsillos de sus pantalones y chamarras algunas navajas y cadenas. Moisés los vio, pero no trató de defenderse. Entre los golpes y puñaladas, alcanzó a distinguir las insignias que portaban: la suástica negra, pintada sobre un fondo blanco, le arrebataba finalmente la vida.

Los muertos que nos habitan

¿Cuántos muertos han pasado por mi nariz?, ¿a cuántos de ellos he aspirado y forman ahora parte de mí?, ¿quiénes habrán recorrido mis pulmones, mi sangre, mi ser completo? Las preguntas me invadieron de repente mientras observaba salir de la chimenea del crematorio el humo blanco que se elevaba en una fina columna para perderse en aquel cielo nublado.

Marie había muerto hacía dos días de un infarto. Nadie, ni siquiera ella, supo con anterioridad que el corazón le fallaría: éste cesó de funcionarle sin previo aviso y, sólo por que sí, se cansó una mañana mientras Marie se arreglaba para ir a la Universidad. Su madre la encontró sin vida, dentro del baño y con una herida leve en la frente. Al desplomarse, Marie se golpeó con el lavamanos y se lastimó sin que eso le importara ya. Tanto su madre como los demás escuchamos incrédulos, en su oportunidad, la noticia de la muerte de Marie. Ahora, en medio del llanto desesperado de su familia y algunos amigos, parte de ella se elevaba a los cielos para esparcirse, el resto, tal vez, sería depositado en una urna. Sus cenizas descansarían en la iglesia a la que Marie asistía con frecuencia.

Terminada la incineración, un sacerdote, ataviado con sus enseres propios a la ocasión, salió del crematorio llevando entre sus manos la bolsa de terciopelo negro que resguardaba las cenizas silenciosas. El padre de Marie se acercó, temblando un poco, y tomó la bolsa. La madre prefirió lamentarse ácremente entre los brazos de sus hermanas que la sostenían con dificultad. Marie había sido reducida a un montículo insignificante de cenizas. Su cabellera larga y castaña, su cuerpo espigado, sus manos ásperas, en fin, Marie entera podía caber perfectamente en una diminuta bolsa y colocada en el pequeño espacio del nicho.

El sacerdote bendijo la bolsa y la urna que le acercó el hermano menor de Marie. El padre, todavía temblando, dejó que su hijo se encargara de introducir la bolsa en la urna dorada. La idea de que Marie fuera encerrada en un nicho me reconfortaba, ya que estaría segura de que por mi nariz ella no pasaría. El hermano, pues, cerró la urna y, tomando a su padre por el brazo, se dirigió hacia donde su madre seguía implorando la misericordia de Dios hacia con ella, su hija muerta y el resto de la familia.

Ya no supe si Marie fue conducida de inmediato al nicho: al ver que todo terminaba, me subí al automóvil y arranqué rumbo al cine. Quería distraerme, olvidarme por unas horas de esa muerte repentina y de todas las muertes posibles, de todos los que, quizá en ése y el resto de los minutos de mi vida, pasaban por mi nariz, invadiéndome. Tal vez, me dije al llegar al cine, por eso morimos, pues el espacio destinado a la vida en nuestros cuerpos se ve reducido poco a poco por culpa de los muertos que nos habitan sin que nos demos cuenta. Con esa reflexión me estacioné y me bajé del automóvil. Compraría un boleto, un par de horas de diversión mientras que Marie sería trasladada a su último destino.

En alta mar

Dejaré de vivir, dentro de siete meses, en alta mar. Ya todo está preparado. El doctor me dijo que había sido demasiado tarde ir a consultarlo. El cáncer se extiende rápidamente y yo había dejado pasar mucho tiempo. Solamente por humanidad, y para silenciar su conciencia, me prescribió radiaciones que no me apliqué. La vida se me ha convertido en prófuga. Saldré de aquí y me iré a un crucero para morir en el mar. He arreglado mi funeral dentro del barco. Seré arrojada al océano en un ataúd de caoba y mi enfermera, mi única acompañante en los últimos años, se hará cargo de los detalles que no hubiera contemplado. A usted le lego mis libros, no quiero que sean inmolados en las piras del basurero. Mi abogado ha solucionado los problemas legales que pudieran presentarse. No debe preocuparse por nada, sólo le pido, y eso está especificado en el testamento, que la biblioteca lleve mi nombre. Tras de mí no he dejado ninguna huella, excepto esta donación que espero le sirva a alguien a quien no conoceré y quien, muy probablemente, sepa de mí solamente por el nombre que lleve la biblioteca. Le agradezco su apoyo y confío en que pueda cumplir mi deseo.

La carta acompañó el paquete que fue entregado a la encargada del archivo. Y ésta, a su vez, se la dio al director de la biblioteca quien, sin darle mucha importancia, hizo colocar las cajas en las que se guardaban los libros en la bodega. Él se quedó con el paquete dentro del cual especificaba muy claramente el testamento la condición del nombre de la biblioteca. Yo no supe nada hasta después, cuando ocupé la dirección. En uno de los tantos acomodos, encontré el paquete aún cerrado y la carta. Abrí el paquete y leí ambos documentos. Por la fecha en la que fue recibida la biblioteca y en la que fue escrita la carta, me di cuenta de que la donadora había muerto mucho antes de lo que ella señalaba.

Intenté localizar al notario que certificaba la herencia de los libros, no lo conseguí. Quizá también ya había muerto. Busqué a los familiares pero tampoco pude dar con ellos. Lo que logré saber fue que la donadora, ya muy anciana, vivía en un asilo y le sobrevivía una sobrina a quien no le había heredado nada. No tenía más familia y la sobrina no vivía más en el país.

Después de la búsqueda, fui a la bodega para rescatar aquellos libros que habían sido arrinconados. Le pedí al encargado que localizara las cajas y me las mostrara. Mientras él hacía el trabajo, yo recorría los estantes de la bodega en los que cientos de libros esperaban su turno para ser sacados del olvido y poder exhibirse de nuevo orgullosamente. El encargado tardó más de lo debido. Me impacienté y le llamé la atención por la tardanza una vez que hubo colocado las cajas en fila, cerca de la entrada. Él se disculpó diciendo que había sido difícil dar con ellas puesto que habían sido llevadas hasta el fondo de la bodega; además, el cartón estaba húmedo, por lo que se vio obligado a moverlas con mucho más cuidado. Aún molesta, le ordené que abriera las cajas. Por desgracia el hombre tenía razón: el cartón estaba húmedo, así que al intentar abrirlo, éste se desgarraba y los libros salían de los costados. Ante tal espectáculo supuse que era imposible que todos los libros estuvieran en buen estado o, por lo menos, lo bastante conservados para destinarles un espacio especial. Llamé a la encargada de restauración y, al verlos, confirmó mi sospecha. De todas formas prometió hacer lo posible por salvar la mayor cantidad de ellos, pero, tras meses de trabajo, solamente pudo rescatar un tercio. El resto fue enviado a un centro de reciclaje. El sueño de la anciana no se cumplió totalmente, aunque yo misma me encargué de que los libros que fueron restaurados llevaran su nombre en la primera hoja. Espero que al menos haya salido de ese asilo para morir en alta mar.

Entre los límites de un marco

Nací incrustrada a la pared. Mi madre me parió durante la noche sin darse cuenta. Por eso me ignoró y tuve que vivir entre los límites de un marco desde donde miré pasar los días. Mi madre nunca volteó a verme, siguió de frente todas las mañanas. Al levantarse, hacía la cama con el rostro bajo, hipnotizada por la blancura de las sábanas sobre las que parió a mis hermanos; consciente por el dolor que yo no le provoqué.

Desde lo alto de mi prisión colgante, fui testigo del nacimiento de mis tres hermanos. De la muerte de mi padre quien intentó absorber todo el aire de la habitación con la esperanzan de prolongar su vida. Allí, pues, observé los desvelos de mi madre y escuché su llanto, que a partir de esa noche se convirtió en su compañero. También oí los rezos silenciosos por mis hermanos y los diálogos entre ella y el ausente de mi padre.

La puerta de la habitación comenzó a abrirse únicamente por las mañanas. Poco a poco las visitas de mis hermanos en noches de lluvia terminaron. Aunque mi madre permaneció largos años sentada sobre la cama en espera de esos abrazos temerosos, cuando los relámpagos se metían por la ventana. La puerta y mi madre se cansaron de aguardar. La perilla comenzó a girar sólo al amanecer y el pasillo a ser menos transitado, hasta casi borrarse las huellas de mis hermanos. Ese pasillo los condujo a unos labios llenos de miedo de pronunciar el adiós cuando se despidieron de ella. Yo los ví partir, frente a mí desfilaron: dos vestidas de blanco y uno con traje negro, llevando las maletas para dejar recuerdos que mi madre fue colgando al lado mío y que empezaron a hacerme compañía.

Mi madre volvió a olvidarse de mí: me perdí entre tantos recuerdos que le fue imposible distinguirme. Por el contrario, pareció súbitamente ocupar con su presencia toda la habitación de tal modo que su parpadeo la evidenciaba. No pudo refugiarse en el anonimato, a pesar de que su figura se fue consumiendo por las lágrimas. Sus ojos perdieron el contorno luminoso, su opacidad se unió a lo blanco de su cabellera y a las arrugas del rostro, haciendo juego con las sábanas. Y, sin embargo, continuó presente cada año con mayor fuerza. Tal vez por el deseo de ser encontrada por los nietos, por los sobrinos que jamás me llamaron tía pues ellos tampoco me buscaron.

Pese a las risas nuevas, mi madre siguió sin abrir la puerta después del anochecer. Salvo para dejar entrar al médico que la examinó en silencio ante mis hermanos que esperaban en el umbral. Mi madre no dijo nada cuando el médico la miró con la dulzura con la que se mira al moribundo. Ella sabía, con anticipación, el diagnóstico, así que mandó llamar al sacerdote antes de que el médico llegara y confirmara, no a ella sino a mis hermanos, su partida. Yo la miré entonces, como siempre lo había hecho y me despedí de ella igual que mis hermanos: entre sollozos, como despedimos a nuestro padre.

La ví morir intentando llevarse grabados en el alma los rostros de sus hijos, incluyéndome: en sus últimos instantes volteó a la pared y clavó su mirada en el marco en donde me encontraba. Me había parido sin dolor y por ello no se percató de mí, hasta el final. Al recoger sus recuerdos sintió que algo le había hecho falta toda su vida: mis ojos que la contemplaron sigilosamente. Mi madre sonrió y yo le dije adiós tanto en ese momento como al pasar frente a la puerta, entre los límites del féretro llevado en hombros por mis hermanos y mis sobrinos que nunca volvieron. Dejaron abierta la puerta y sus huellas en el pasillo, que lentamente el polvo cubrió. Yo me quedé aquí, con mis propios recuerdos que ahora me hacen compañía en las noches de lluvia.

Eva y el silencio

Tierra extraña

Moriré entre las dos y la tres de la tarde. He dejado todo listo para mi partida. He dejado mi testamento, los detalles últimos para evitar molestias a mis deudos; aunque solamente sea mi hija que ya no regresó de Alemania. Mi esposo siempre lo supo. Desde que la vio partir en el avión supo que no volvería, salvo para nuestras muertes. Yo me negué a creerlo, conservaba la esperanza de que cumpliría su palabra de estar a nuestro lado en la vejez. Cuando se casó, todavía creí que ella traería a su marido a casa. Seguí toda la vida esperándola. Así que ahora me consuelo al pensar que vendrá por lo menos a mi funeral. No podré verla pues moriré temprano, antes de que toque la tierra en la que seré sepultada.

Únicamente me llevo el recuerdo de mi hija, llorando sobre el ataúd abierto de su padre. Él murió hace varios años, cuando todavía no cumplía cinco años nuestro nieto el mayor; ya cumplió los quince y el más pequeño me conocerá como conoció su hermano a mi esposo: custodiada por cuatro cirios y rodeada de rezos. Ninguno de los dos tuvimos tiempo para despedirnos de ellos; a mi esposo se le desprendió la vida en un autobús, sentado hasta la última fila con su maletín en mano; a mí en la cocina, frente al refrigerador y con la Biblia a medio leer. Desde su muerte me refugié en esas palabras divinas y en la muralla que fue mi casa a partir de ese momento. Mi hija me consoló una semana, la que permaneció aquí para luego regresar a Alemania, junto al yerno fotogénico. Espero que mis nietos no se decepcionen de nosotros al vernos rígidos en las fotografías.

Por fortuna, a mí no se me fue la vida tan de repente. Tuve tiempo de pedir que llamaran a mi hija y de arrepentirme de lo que nunca hice. El arrepentimiento fue largo: dejo tantas cosas flotando en los deseos incumplidos. Pero tan siquiera yo veré cómo se aproxima el final (demasiado rápido para mi agonía). No he podido prolongar los segundos y sé que moriré después de mediodía.

A la una llega el sacerdote a ungirme con los santos óleos, a darme la extremaunción tras escuchar mi larga lista de pecados de los cuales me absuelve sin reparos. Moriré dentro de poco, por eso creo que no me exige la convicción plena de aborrecer mis faltas. Tan sólo se limita a escuchar y a condonarme la penitencia que seguramente pagaré después. El sacerdote se retira cabizbajo. Ha hecho todo lo posible por salvar un alma, tal como lo ha hecho el doctor con el cuerpo. Quiero creer que solamente el último ha fracasado.

El doctor se queda a aguardar mi muerte. Él y la enfermera que vigila mi pulso, se convierten en mis últimos acompañantes. Por la tarde llegará mi hija y continuará los trámites de mi entierro. Lo legal podrá verlo posteriormente, tal vez con calma pues seguramente su marido la estará esperando sin preocupación. Sin nadie que la pueda a atar a este lado, tendrá que construir sobre los cimientos que ella misma colocó hace años a la distancia.

Entre las dos y las tres, el aire comienza a ahogarme. Un camino de luz se abre ante mis ojos ciegos de vida. Detrás de mí no queda nada, más que yo convertida en recuerdo en una tierra extraña.

Espera

Nos quedamos solos hace años. Mi marido y yo habíamos imaginado nuestra vejez rodeada de nietos. Nuestro sueño sólo se cumplió en parte. Ellos han dejado de venir y la casa reproduce en eco nuestros pasos. Mi marido dice que no debemos preocuparnos, tarde o temprano volverán a visitarnos. Yo dudo de su confianza. Los hijos y los nietos nos verán en nuestro entierro, llorando desconsolados hasta que las lágrimas no les alcancen. Regresarán a sus casas a buscar entre los recuerdos la mejor forma de dar fin al sufrimiento. En esa búsqueda seguirán toda su vida.

Mi marido y yo esperamos, sentados frente a la puerta. Él con el periódico a un lado, yo con las muletas. Ninguno de los dos utilizamos esos objetos: los ojos de mi marido se han ido cubriendo de blanco con la misma lentitud que mis piernas se adormecen. Cuando él quede ciego, yo seré su lazarillo en ruedas. Mientras tanto, antes de que llegue el preámbulo del final, seguimos esperando. Aunque sea la noche para olvidarnos del mundo.

Todos los días nos despertamos a la misma hora. Vemos desde la cama cómo el sol destierra a las estrellas y se corona por sobre las nubes. Dejamos pasar tantas horas como hemos dejado pasar la vida. Nos levantamos con desgano. Ambos hemos aprendido a vestirnos con las combinaciones que sabemos de memoria: él de pantalones azul cielo y camisa blanca, yo de vestido negro con flores. Así desayunamos, así vemos la televisión en la sala, así comemos y esperamos frente a la puerta con el periódico y las muletas al lado.

1978

Conduje todo el día, de regreso a casa. Después de las vacaciones, de la playa, el olor de la carretera me punzaba en la nariz. No deseaba volver a los brazos de una ciudad bañada en luces artificiales. Sin embargo, y pese a haber hecho planes durante años, aún no me era posible retornar al verdor de mi pueblo; y menos tras la boda, tras el nacimiento de mis tres hijos que dormían silenciosamente en la cabina. Yo manejaba mientras mi esposa inundaba sus pupilas con el paisaje que corría veloz a nuestro lado. Sobre el asfalto dejábamos las marcas de nuestra despedida.

Durante horas manejó. No se detuvo a descansar en la caseta ni en el mirador. Todo el día condujo con los ojos fijos en la carretera. En la mañana le había propuesto intercalar turnos de manejo, no aceptó. Me convenció de cuidar a los niños. Ellos rápido se durmieron en la colchoneta que colocamos atrás, en la cabina. A excepción de la menor, los otros niños no despertaron. Mi esposo conducía, hipnotizado por las líneas blancas del camino, y mi pequeña hija se acurrucó en mis brazos, no tardó mucho en volver a dormirse. Y así, inconsciente, permaneció una semana en el hospital tras el accidente que nunca presentimos a tiempo.

Seguí, con el volante prácticamente estático. Sólo de vez en cuando la rectitud de la carretera se deformaba en curva. El trayecto me resultaba demasiado tedioso, pero no acepté a intercambiar lugares con mi esposa cuando me lo propuso al salir. No quería que se enfrentara a esas líneas blancas que enloquecen. Además, los niños querrían estar con ella al despertar y era mejor que estuviera allí, libre para ellos como lo estuvo para la más pequeña que dormía entre sus brazos. Intenté encender la radio, mas ella me lo impedió. Me dijo que deseaba seguir en silencio, escuchando nuestras respiraciones. No la comprendí en ese momento, sino más tarde, cuando ni siquiera yo era capaz de escuchar la mía.

Él quiso prender la radio, yo se lo impedí. La explicación que le di no lo convenció, pero yo solamente deseaba aprisionar en mi memoria el ritmo armonioso de su respiración. Por alguna razón esa idea se apoderó de mí, convirtiéndose en una obsesión. Trataba de escuchar cada inhalación suya, deseando que prolongara la siguiente pues con ello atrapaba la vida. También estuve atenta a los latidos de mis hijos que contrastaban por su cadencia con el desorden de mi corazón. A mi hija intenté pegarla a mi cuerpo con el afán de retenerla. No estaba segura del por qué de mi ansiedad y comencé a pensar que el calor del viaje me estaba afectando. Mi esposo no me contradijo, aunque me observaba de reojo como queriendo desentrañar mi actitud.

Ella continuó con la vista inundada y con mi pequeña hija prácticamente incrustrada a su cuerpo. Yo no le reproché nada, solamente la miraba por el rabillo del ojo, no para descubrir algún signo que me clarificara su comportamiento, sino para grabar su imagen en la memoria. Igual que ella, por alguna razón, anhelaba registrar los más mínimos detalles de su figura. A mis hijos comencé a buscarlos en los recuerdos y a delinearlos con precisión. Algo se apoderaba de nosotros y creo que ninguno de los dos lo supo con certeza hasta que fue demasiado tarde para despedirnos.

Su insistencia con la mirada era tanta, que estuve tentada a preguntarle. Sabía que me daría un "no sé" por respuesta y preferí seguir con la tarea que me había impuesto. Ya no me importó el paisaje, el cual había cambiado sus arbustos verdes y su llano por pinos y montañas. La carretera comenzó a perder su rectitud y poco a poco aparecieron curvas y desfiladeros.

El aire trajo más ansiedad a nuestro viaje y entonces, en una de las curvas, sentí el desgarre del que es desprendido con violencia del vientre. Alguien se había llevado la mitad de mi aliento, dejándome al descubierto el vacío que se formó en mi alma. El corte fue provocado sin aviso, se realizó de repente como la explosión que nos ensordeció, iniciándose el final.

Supe que le incomodaba mi mirada, pero no podía evitarlo ni cuando la carretera perdió su rectitud dando paso a tantas curvas que parecían convertirse en una sola. Ella perdió el interés por el paisaje, por los pinos que semejaban centinelas dispuestos en fila para vigilar a los viajeros y dar parte de su paso por esos senderos. Aunque no los concluyeran satisfactoriamente. Mi esposa comenzó a inquietarse sin motivo, me miró con desesperación y apretó con fuerza a la niña. La montaña que se levantaba frente a nosotros se estremeció con un estruendo, con la explosión de una de las llantas traseras. Jamás logramos llegar a la montaña como se lo había prometido a mis hijos cuando estaban despiertos. La tierra se confundió con el cielo y los pinos pincharon con sus copas puntiagudas las nubes. Ellas descendieron hasta mis ojos y me ocultaron la vida de un solo golpe...duro.

Al escuchar la explosión comprendí que todo terminaba. Segundos antes nos habíamos mirado y no había podido decirle adiós. Sólo logré gritarle en si-

lencio la desesperación de no ser capaz de retenerlo tal como lo hacía con mi hija. La camioneta dio vueltas por el barranco. El destello del parabrisas al romperse me lastimó la vista igual que el sol al salir del vehículo. Mi hija se había desprendido de mis brazos sin que me diera cuenta y yacía cerca de mi esposo. Mis otros dos hijos salieron, confudidos por los golpes que les tiñeron de morado la piel. Mi esposo nos miraba desde una roca, por entre las lágrimas de sangre que fluían de sus ojos, uniéndose al de su nariz y sus oídos. Sobre la camisa se formaba el océano de muerte que lo ahogaba. Por él no podía hacer nada, más que darle las gracias por los años compartidos, por los hijos que lloraban asustados ante su despedida. Mi pequeña hija logré arrebatársela al cielo con mi propio soplo de vida; tuve que esperar una semana para verme reflejada en sus pupilas abiertas. Y allí, con mis dos hijos desconsolados y la niña en brazos, velamos a mi esposo mientras llegaba la ambulancia. Sobre la carretera terminamos nuestro viaje para iniciar otro, conmigo al frente.

ÍNDICE

El derrumbe del mundo, de Elizabeth Vivero,
se terminó de imprimir
en el mes de noviembre de 2001,
en los los talleres
de Acento
Editores
La edición consta de 1000 ejemplares
y estuvo al cuidado
de Isabel Jazmín Ángeles e Hilda Figueroa.